奥 林 匹 斯

LA MYTHOLOGIE

山 上 的

VUE PAR LES

怪 物

MONSTRES

有 话 说

牛头怪

M o i ,

米诺陶

le Minotaure

[法] 西尔维·博西埃 著 　 徐洁 译

中央编译出版社
Central Compilation & Translation Press

Sylvie Baussier

Note

作者按

d'intention

de

l'autrice

如果我告诉你，希腊神话中的怪物们其实都保有一丝人性；

如果我告诉你，我们每个人的内心都有一处自己不愿面对的隐秘角落……

历史总是由胜利者来书写，我们对此已司空见惯：滑铁卢在英国的教科书里被描述成一场大胜仗，但在法国却不为人知！在神话故事里，忒修斯是大英雄，而米诺陶则成了大坏蛋……

可是，如果我们换个角度，是否可以关注一下"负面人物"呢？

或许，可以请他们来讲述一下自己的故事？

女士们、先生们，亲爱的读者们，现在就请拉着我的手，开启这段奇妙的旅程……

人物介绍
Les personnages

Astérios

阿斯忒里俄斯

他是帕西法的儿子,
居住在克里特岛国王米诺斯的庞大宫殿里。
他是阿里阿德涅和淮德拉的弟弟。
他就是牛头怪米诺陶。

Pasiphaé

帕西法

帕西法是阿斯忒里俄斯的母亲,

国王米诺斯的妻子,

也是太阳神赫利俄斯和

水泽宁芙仙女珀耳塞伊斯的女儿。

Minos

米诺斯

米诺斯是克里特岛的国王。
他是希腊神话中至高无上的天神
宙斯和腓尼基(腓尼基大致位于今天的黎巴嫩)公主
欧罗巴所生的儿子,
是帕西法的丈夫。

Ariane & Phèdre

阿里阿德涅和淮德拉

这两位是米诺斯和帕西法的女儿,
也就是阿斯忒里俄斯的姐姐。
阿里阿德涅对弟弟温柔和善,
而淮德拉却总是嘲笑他。

Thésée

忒修斯

忒修斯是雅典国王埃勾斯的儿子。
为了终止米诺斯将童男童女进贡给
牛头怪的陋俗,他前去杀死米诺陶。
他会成功吗?

Poséidon

波塞冬

波塞冬是海洋之神,他还是宙斯、哈得斯、
得墨忒耳、赫拉以及赫斯提亚的兄弟。
他手持三叉戟,
这是他的象征物。

楔子
Prologue

明明贵为王子，却比谁都活得不快乐，这是怎么回事？谁想来替我尝尝这种滋味？

你，说的就是你，你在听我说话吗？还有你，你们都过来。我有金子打造的床，亚麻织成的衣服，还有这偌大的宫殿，我每天孤零零一个人在里面游荡，这些都可以送给你们。作为回报，只要你们给我父爱和开怀大笑的机会就行！还有一副帅小伙的脸庞！

你们还拿不定主意？不说我也明白为什么！

在你们拿定主意之前，请先听我说说自己的故事。

目录

第一章
阿斯忒里俄斯王子 / 016

第二章
最无辜的孩子 / 024

第三章
米诺斯的公牛 / 032

第四章
大动静 / 042

第五章
迷宫 / 050

第六章
庆典 / 058

第七章
七个男孩和七个女孩 / 066

第八章
自由 / 074

尾声 / 082

米诺陶的传说 / 086
趣味游戏手册 / 102

Table des matières

Chapitre 1

Prince Astérios / 017

Chapitre 2

Le plus innocent des enfants / 025

Chapitre 3

Le taureau de Minos / 033

Chapitre 4

Une grande activité / 043

Chapitre 5

Le labyrinthe / 051

Chapitre 6

Une grande fête / 059

Chapitre 7

Sept garçons et sept filles / 067

Chapitre 8

Libre / 075

Épilogue / 083

Le mythe du Minotaure / 087

Cahier de jeux / 103

第一章
阿斯忒里俄斯王子

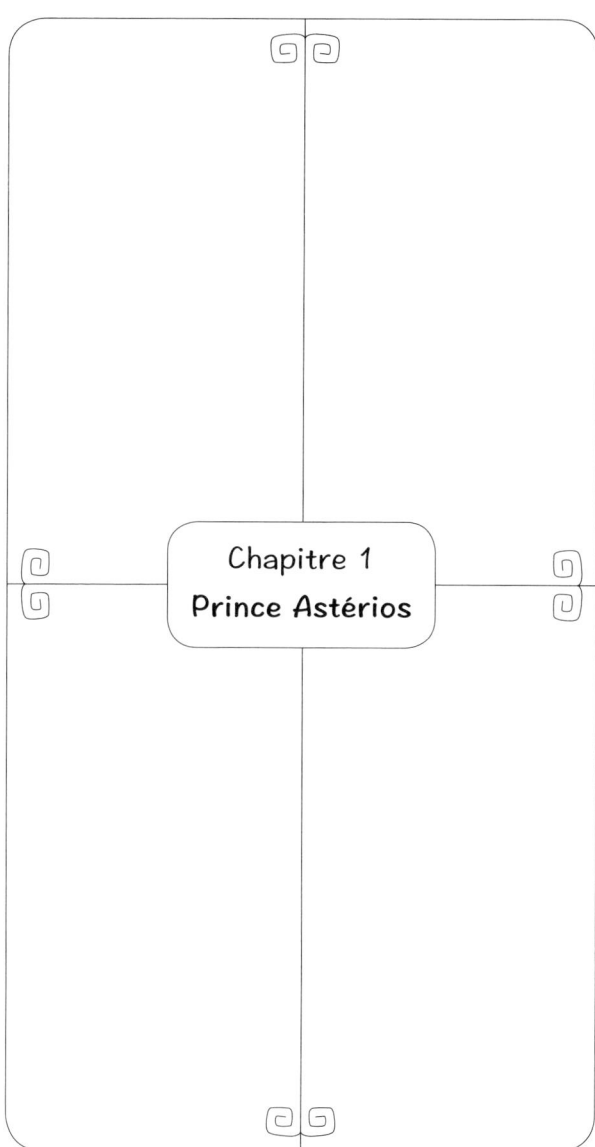

Chapitre 1
Prince Astérios

"阿斯忒里俄斯王子!"

"怎么了,保姆妈妈?"

"您的饭菜准备好了。"

保姆把餐盘放在我卧室的门廊里。葡萄、橄榄还有热面包的香味真让我流口水!但我那双手柔美的老保姆却一刻都不愿为我停留,几乎是一溜烟就跑了,看都不看我一眼——自打我长大以后,她每次都是这样。

我试着习惯这样的态度,心里想出各种假设:她没准儿在赶时间,再说了,照顾一个独居的孩子,确实很无聊。

我的姐姐阿里阿德涅从我门前经过。她长得真美,一头乌黑卷曲的长发,身材修长。

我叫住她:"阿里阿德涅,你愿意和我玩骰子吗?别走呀……你要想玩掷距骨(古埃及、古希腊人与古罗马人用羊距骨玩抛掷游戏。玩法通常是将距骨上抛,用手接下,同抓布包游戏一样考验小孩的神经反应。——译者注)也行呀!"

她和保姆一样避开我的目光,回答道:"我没空。"

她用抱歉的语气补充道:"我得去帮母

亲和淮德拉织裙子。"

和我的母亲帕西法还有两个小姐姐共度下午,这该是一件多么幸福的事情呀!她们为什么不理我?整整十一年了,我一直是一个人住,度日如年……

我满怀希望地向阿里阿德涅提议:"我可以帮你们把线卷成线圈。你们瞧着吧,我能派上用场!"

阿里阿德涅盯着我看,这回认认真真地把我上下打量了一番,接着叹了口气,喃喃说出了下面这句奇怪的话:"那可不行,你会吓到女仆们的。"

我猛地跳了起来,在这炎热的下午,跟着她来到空荡荡的庭院里,追问道:"我?我会吓到别人?怎么会?"

姐姐的眼神黯淡了下去。她把视线从我的脸上挪开,一滴泪滚落在美丽的脸颊上。随后,她走近我,摸着我的头,就像羊倌抚摸爱犬那样。接着,她向妇女聚居区(古希腊男女婚后分居生活。——译者注)跑去,把我独自留在克诺索斯王宫空旷的庭院里——这里是我伟大的父王米诺斯的宫殿。

我开始奔跑,发出一阵可怕的怒吼。我想要敲打、撞击、毁灭,可是朝着谁?对着什么?……还有,为什么?我深吸一口气,想要冷静下来。

我得离开这令人窒息的深宫,哪怕是一小会儿也好。我只需沿着王宫入口那条长长的坡道出去,穿过城墙大门,就能离开宫殿。没有一个卫兵能阻拦我。

我在克里特岛的山坡上飞奔。这座大岛位于希腊和埃及之间,我就是在这座岛上出生的。我的山羊朋友们在干燥的土地上奔跑,橄榄树上结满了黑色的果实,在蓝天碧海之间,这座岛成了我的牢笼。所有的船只都属于我的父王,却没有一个渔民敢让我上船。即便我上了船,也会很快被抓住的!

我在山坡上飞奔,使尽全身力气。我希望自己的思绪能够消散在奔跑时扬起的风中。我口干舌燥,在一口泉水前停了下来。我汲水而饮,看着水面上的波纹缓缓平息。我俯下身去,想要仔细欣赏那静静的涟漪。

我真不该这么做!我从没见过如此平静的水面。在激流中,水是奔腾不息的;可在这里,它却引诱我俯下身去。我看到清澈水面上映出的那个形象,猛地跳了起来:这个长着大嘴巴的小牛是谁?为什么它用人类那样不可捉摸的眼神盯着我看?

我猛地回转身去:身后的山坡上空无一人。我内心充满了恐惧。震惊之下,我的手脚抖动起来,我一屁股坐到黄色的草地上,这才不至于跌倒。

我用手慢慢触摸自己的脸,一种熟悉的感觉传遍全身:我摸到了自己脸上有一层略微粗糙的毛,毛茸茸的,我常常抚摸它,却没有多想,仿佛这很正常。我的鼻子,能够在所有人之前闻到厨房的饭菜香。还有柔软的长耳朵上长出的两只角。我先前怎么就没明白?是我自己不愿去想,这是唯一的解释。我的内心早已知晓一切,理智却始终在摇头。

就在那一刻，这颗心，我的心，停止了跳动。

我突然明白了一切。为什么从来就没人正眼看我：我的母亲帕西法，我的父亲米诺斯，我的姐姐阿里阿德涅和淮德拉，所有女仆和我的保姆，这十一年以来，每个人都躲着我。

因为我是一个长着牛头的孩子。

因为阿斯忒里俄斯王子是一个怪物。

为什么会这样？

我想要知道答案!

慌忙中,我朝着反方向,朝着我长大的克诺索斯王宫跑去。当房屋、仓库还有庭院一个个映入我的眼帘时,我却退缩了。

我瘫倒在地上。如今我已看到了自己的真面目,我有没有勇气去面对那些不停打量我这张牛脸的目光?

为什么我生来如此?我该怎样知道真相?

谁能回答我的问题?

第二章
最无辜的孩子

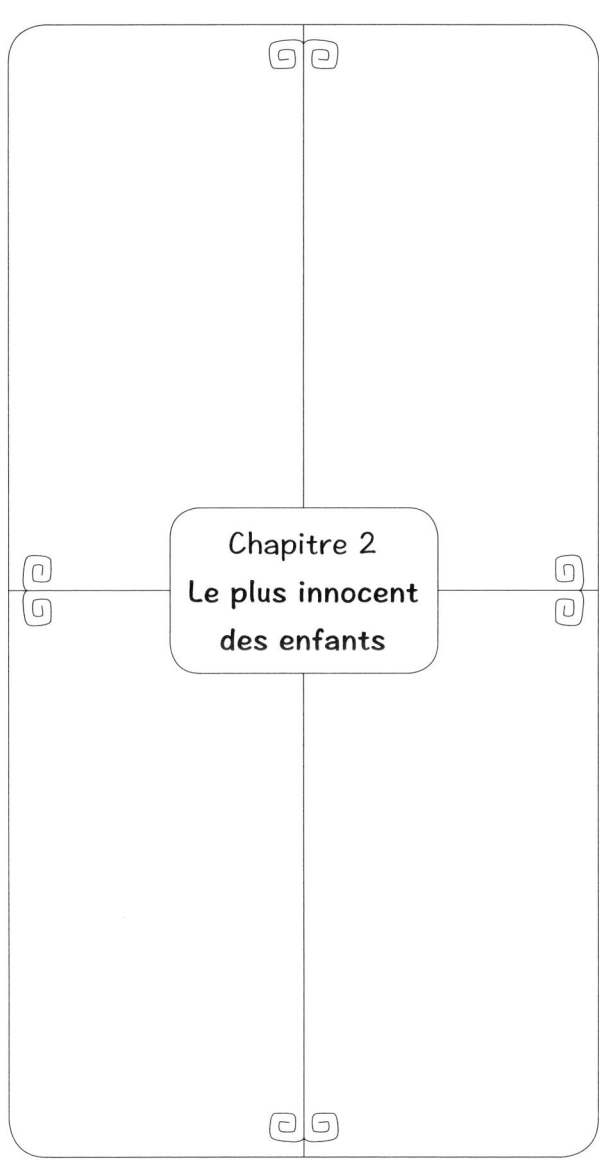

Chapitre 2
Le plus innocent
des enfants

我闻着百里香的芬芳,终于站了起来,赶紧朝着宫殿跑去。八月的酷暑袭来,山丘上一片焦枯,知了的叫声朝我扑来。我大步流星,很快就来到了克诺索斯的宫墙前面,盘算着自己的行动计划:一定要让那些知道我身世秘密的人开口,因为这里面一定藏着个大秘密,对不对?

我该说什么呢?

和谁说?

我瞧见了自己的牛嘴巴,原来我在别人眼里是这副模样:一头牲畜!

我那几个姐姐见了我就跑,我能问她们些什么呢?怎样才能逮到机会,撞见伟大威严的国王问个究竟?至于我的母亲……我每每走近她,她都会朝着我迈近一步,可当我奔过去,想要投入她张开的怀抱中时,她就会哭着跑开。

有什么不对劲儿,而且很不对劲。长久以来,大家都在对我撒谎。我是不是犯下了什么严重的恶行,自己却想不起来了?我是不是伤害到了谁却不自知?我做错了什么事?为什么要惩罚我?

我抬起自己长满毛的脑袋,朝向天空。接

着，我那孩童的喉咙里突然发出了一声可怕的吼叫，里面还夹杂着人类的啜泣。

在宫门前，惊慌失措的守卫们试图拦住我的去路——这可是头一回。在他们睁大的眼睛里，我看到了自己的力量，从害怕和狂怒中诞生的力量。我反手就甩开了这几个家伙——他们长着一张人脸，却生在福中不知福。我就这么跑进了空无一人的庭院里。

阿里阿德涅和淮德拉兴许会回答我的问题。如果阿里阿德涅说的是实话，那我的姐姐们就住在妇女聚居区里，每天都在忙着纺纱织羊毛。我绕过摆满酒坛子和橄榄油坛子的仓库，还有用壁画装饰的宝座厅。我第一次迷了路，我可是在这座雄伟宫殿里长大的！双脚欺骗了我，眼泪打湿了赭色的墙壁，我这是在哪儿？怎样才能逃出这牢笼？

我本该留在山坡上，与山羊为伍，躲进灌木丛中，面对满天星辰安然入睡，向宙斯献上祭品，忘却人间事，可现在为时已晚。我已来到母后的迈加隆（在青铜时代，迈加隆指的是王宫贵族居所的主房间）前面，这里是她的私域。

妇女们一边做着针线活，一边闲聊。她们以

为没有外人，就这么无拘无束地打开了话匣子。谁会想到我就在这里，正躲在门厅里？

一阵沉寂之后，阿里阿德涅先开口了："你们知道吗？今天下午，阿斯忒里俄斯想来这找我们，他都快求我了。"

"你是怎么回答的呢，我的好姐姐？"淮德拉催问道。

"他是那么坚持……我最后跟他说，他会吓到女仆们的。"

"没错！"其中一个正在纺纱的女仆表示赞同。

"我也是，他让我害怕。"阿里阿德涅叹了口气，"我可怜的弟弟……为什么天神们要让他生下来就是这个样子？"

"我可怜的弟弟！"淮德拉尖着嗓子模仿道，"还有什么好说的？他不过是一头脏兮兮的牲口罢了。"

"你在我们母后面前可不能这么说。"阿里阿德涅对她低声说道。

帕西法哭了起来，而我却没法安慰她，我的心都要碎了！

这么看来，我的姐姐们和我一样，对我的身

世一无所知。我刚要抬腿离开,一阵尖叫声响起,吓得我待在原地不敢动弹:"瞧那边,快看!"

这个令我讨厌的刺耳声音是淮德拉的。她要大家看什么?

啊呀!太阳换了位置,把我的影子拉长了,我的耳朵和犄角的影子投射在迈加隆的门槛上,把我暴露了。

其他喊叫声也响起来,仿佛我是瘟神一般!我一下子重新站了起来,一溜烟躲进了自己的房间。葡萄、橄榄和面包依旧摆放在那里。我抓起那串鲜美多汁的葡萄,一颗颗数了起来,盘算着自己接下来的计划:我要去见我父王;追问我的母后;我的保姆会向我坦白一切;宙斯,也就是我父王的父亲,会出现在我的睡梦中,在梦中对我说话;海神波塞冬会来助我一臂之力……

既然神明们知晓一切,既然太阳神赫利俄斯是我的母后的父亲,那么他就会把我变成一个长相俊美的漂亮王子……兴许,我还可以去问问米诺斯的建筑师兼雕刻师代达罗斯……

睡意袭来,我梦见一个阴森的地方,一座由肌肉发达的石头工匠们开凿的洞窟。我被推了进去，关在那里，就我孤零零一个人。我大声呼救，却没有人回应。我乞求道:"你们要笑就尽管笑吧，但请跟我说句话!"回答我的，是一道回声，我的话音在石头壁上不断回荡着。

当我睁开眼睛，我的保姆正守在我的床头。就像我小时候一样，她注视着我的额头、我的嘴巴，她对我关怀备至。我都忘了被爱是什么滋味。

"你睡了整整三天三夜，我的孩子，"她说道，"你发烧了。"

水壶很清凉。我双手抓起水壶，一饮而尽。

接着，我喃喃问道:"为什么?"

"什么为什么?"

她装作没听懂。

"我为什么是这副模样?"

她的脸色凝重,站了起来,慌慌张张地收起了托盘,回答道:"我没权利告诉你。"

"是因为我干了什么坏事吗?"

眼泪沿着皱纹从她眼眶中流了下来:"你是天底下最无辜的孩子!"

"那是因为我冒犯了神明吗?"

她沉默了,看来就是这个原因了。宙斯或者奥林匹斯山的其他神明发怒了,惩罚就落在了我身上。一个人有罪却不自知,这可能吗?各式各样的念头在我脑子里相互碰撞着,心里五味杂陈。我感到头晕,于是闭上了眼睛。

各种声音朝着我袭来,其中有我喜爱的声音,那是我母后的声音,盖过了其他所有。她会不会来看我?她从不来看我。我是不是在说胡话?

第三章
米诺斯的公牛

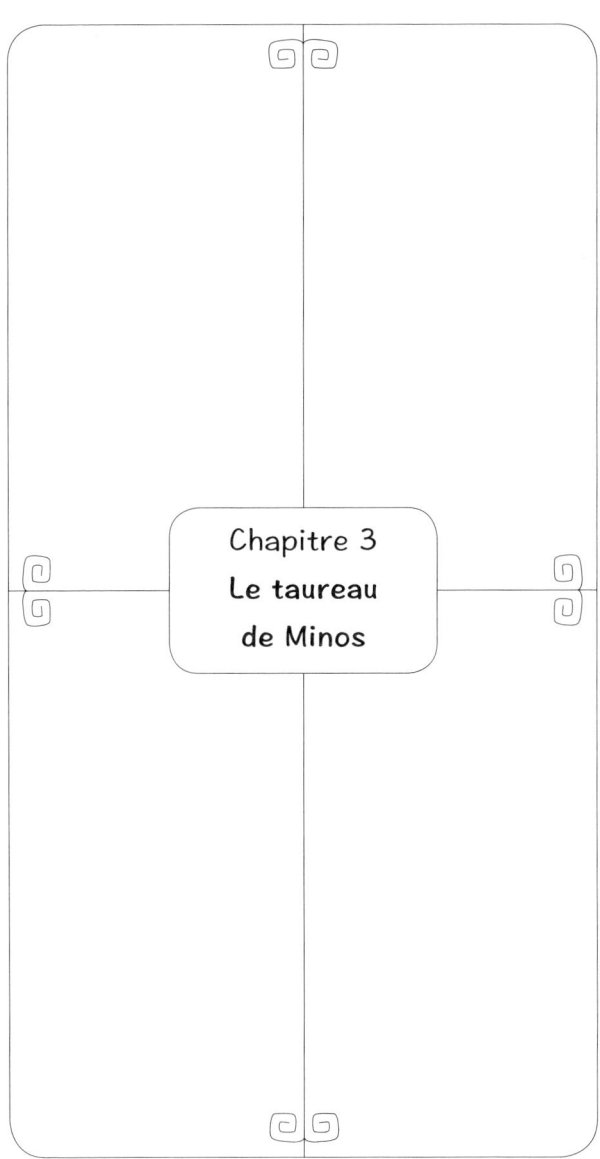

Chapitre 3
Le taureau de Minos

我深爱的妈妈,她真的来了!帕西法抓住我的手,把我从床上拉下来,一言不发。只要她那纤细的手指不放开我,哪怕让我去天涯海角我也在所不惜。她身穿蓝色荷叶边连衣裙,窈窕身姿在血色残阳的映衬下显得格外醒目。

"米诺斯已经听说你近来对自己的身世起了好奇心。"她用紧张的声音告诉我,"他在宫殿里四处布下了耳目,甚至我的女仆里也有他安插的人。"

我半是恐惧半是希望地问她:"父王想要召见我吗?"

"国王不想见到你,从来都不想。但他今天发了雷霆之怒,禁止你在他的宫殿里提出任何问题。"

我每次提到"父王",我的母亲就用"国王"来回答。这是为什么?

"母亲……"

"改天吧。现在不是打破砂锅问到底的时候。我得把你藏起来,你是我的儿子,我是多么爱你……"

她爱我？她在和我说话！我还是忍不住提出了那个困扰我的问题：

"母亲，我究竟做错了什么？为什么大家都怕我？为什么我长着这张牛脸？"

她注视着我，面露无尽哀伤，低声说道：

"你有一颗我见过的最仁慈最温柔的心，阿斯忒里俄斯王子。你没有犯任何错，国王米诺斯触怒了波塞冬——这就是你一切不幸的由来。现在我们得赶紧走了。"

她用一顶兜帽罩住自己长长的秀发，用一袭棕色的大披风把我裹了起来。

我们穿梭在空荡荡的通道里，从几个零散的守卫面前经过，他们并没有察觉。

我母亲很少出宫，但她喜欢外面世界的新鲜感。今晚一定很特别！在路过渔民们的小屋后，她选择前往克诺索斯王宫的御用港口卡特萨姆巴。夜已深沉，岸边空无一人，我们坐下来，沉醉在大海低沉的隆隆声中。母亲的声音如同梦呓般响起，把我吓了一跳。

"我就是在这里第一次见到它。它是这么高大,浑身雪白……"

"你是说我的父亲吗?"

米诺斯国王的确像个巨人,皮肤也很白,不过我母亲的描述让我感觉很奇怪。

"是的,你的父亲……你是怎么知道的?"

她看起来很吃惊,让我完全摸不着头脑。

她继续说道:"米诺斯原有两个兄弟,一个名叫萨耳珀冬,另一个叫剌达曼堤斯。三兄弟都想成为克里特的国王,可王位只有一个,必须从三个人里面选出一个。"

"所以他们就通过比武来决定?"

"他们没有亲自动手。宙斯的这三个儿子祈求奥林匹斯山诸神帮忙。米诺斯向波塞冬献祭,请求他下达一个神谕。"

这番话让我越来越好奇了:"那么海洋之神是怎么决定的?"

帕西法似乎是在遥远的过去述说着,她的声音传到我的耳中,布满了岁月厚重的尘埃。我母亲现在究竟身在何方?不管怎样，她正在和我说话，她就在我的身边，我能感觉到她的体温，和我只相隔几厘米！许多孩子可能会觉得这再平常不过，可对于我来说，她在身边的时刻比成堆的金子还珍贵，我的心都要融化了。

"起初，我们什么都看不到，所有人的眼睛都盯着海浪。接下来，在远处出现了什么东西——我以为自己看到的是漂浮在水面上的白云，几乎同海平线持平。这团云越来越近，混杂着白色的泡沫。萨耳珀冬担心破坏性风暴来临，就吓得跑掉了。"

"这团云在海面上奔跑，离我们越来越近……准确来说，是在奔驰——原来是一头漂亮的白牛，献给波塞冬的牲祭。它踏上岸，走近米诺斯。剌达曼堤斯便低下头离开了，就像自己另一个兄弟几分钟前所做的那样。这头公牛真是太漂亮了！它选择了米诺斯。神谕很明确：米诺斯将成为国王。"

我母亲不说话了。

我便问她:"我从没见过它……你刚才说的就是它吗?一个高大的生物,浑身雪白?"

"对……米诺斯曾经发誓要把它当作谢礼献祭给波塞冬,可他永远都拿不定主意。他想自己独占这头珍兽,而不愿把它献给海神!"

"那接下来发生什么事了?"

帕西法朝着我转过头。在满月的清辉中,我注视着她满是哀伤的大眼睛。她会回答我吗?

可就在此时,我们听到身后有动静,响起了好几个男子的声音。

"在这边!"其中一个喊道。

"我看到米诺陶["米诺陶"是希腊语Μίνως(米诺斯)和ταύρος(公牛)的缩合词,意为"米诺斯的公牛"。]了!"另一个说道。

他们在说谁呢?

"他们正在找你,"母亲低声说,"'米诺陶'是长久以来王宫里那些人给你起的绰号,意思是'半人半牛'。快逃!我会拖住他们。"

"我能去哪儿呢?"

"去米诺斯的父亲宙斯出生的那个洞穴。说不定宙斯会垂怜你。那里是圣地,会保护你安然无虞。"

我在母亲的脸颊上温柔地吻了一下,然后就跑了。可那洞穴这么远,位于群山之巅,我能连夜找到它吗?

一群守卫拦住了我的去路。他们一个抓住我的手臂,另一个冲过来固定住我的脚。我不停挣扎,把他们击倒。我不再是一个孩子了,而是一头想要活下去的牲畜。

每当我打倒一个守卫,就会有十个冲上来。米诺斯派了一整支军队来对付他的儿子!

他们还是抓住了我。

就这么把我带走了。

帕西法溜走了,身影消失在夜色之中。

在王宫火把的照耀下，我被带到国王面前，大家都看着我，窃窃私语着。我想找个地洞钻进去。就没人来保护我吗？

我被扔在石头宝座前的地上。

我试图为自己的行为辩护："父亲，我只是出去散步，谁想你的守卫们却抓住了我，我并不想伤害他们！"

统治克里特岛的伟大米诺斯，默默地打量了我片刻，眉头紧锁。

随后，他愤怒地用颤抖的声音说道："阿斯忒里俄斯，别再叫我'父亲'。现在与其说你是个人，不如说你是头动物。你的暴力毁了你。你命已定：你就是米诺陶！

让这座宫殿里人人自危的牛头怪!现在是时候把你关起来了。"

他没有再说一个字。我被带回了自己的房间,五名手持双斧的男子堵在房间门口,而双斧正是宫殿的象征。

我会怎么样?

我母亲和我提起的那头公牛后来怎样了?米诺斯没有信守诺言,没有把它献祭给波塞冬,那么……我是不是正在替他遭受惩罚?

正因如此,只要我活着一天,他就会想起过去犯下的错误。这应该就是他这么讨厌我的原因吧!

第四章
大动静

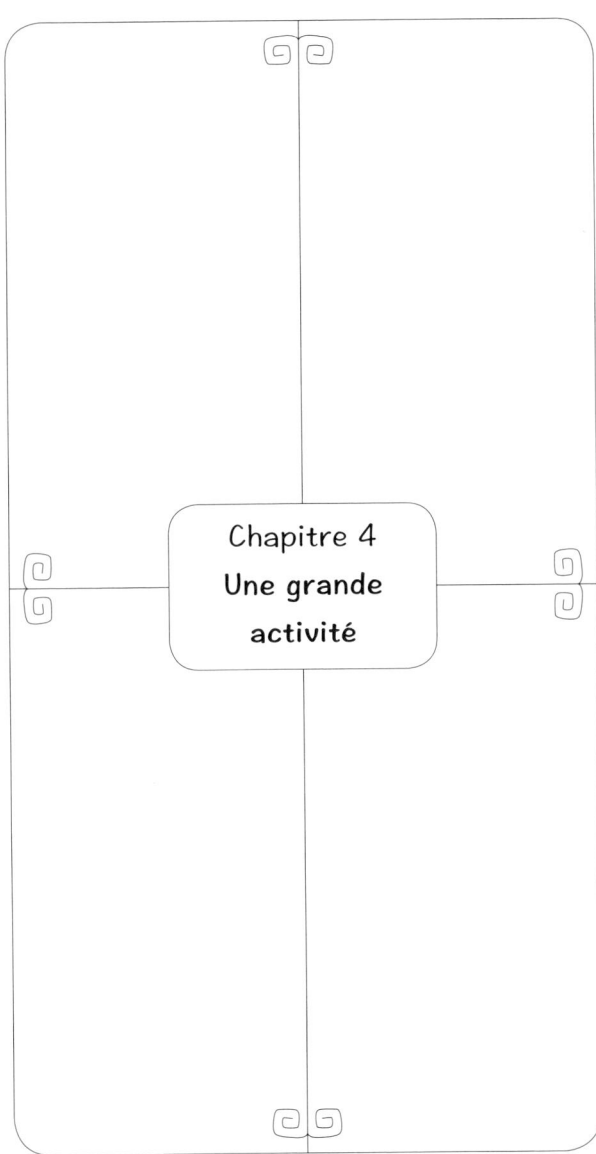

Chapitre 4
Une grande activité

几个月以来,我一直在自己的房间里打转。我从床走到墙,又从墙走到门——门口始终有守卫……这间牢房金碧辉煌,可牢房就是牢房。我的床铺很舒适,座椅精雕细刻,从埃及商人那里买来的狮子皮能在寒夜里为我保暖。至于自由,早已一去不复返了:我再也不能在山坡上恣意奔跑,再也无法同野山羊不期而遇,再也不能躺在草地上安度良夜,再也无法眺望众神勾画出的满天星宿。

我看着外面正在进行一场大工程,每天从早到晚,从不停歇:叫喊声、敲打声、撞击声、搬运声此起彼伏,工人呼号。一个声音沉着地指挥着:"把这根木头送到那边。按照我的计划,我们必须挖第二条走廊,然后这里有一个房间,那里也有一个……"

他们在忙什么?我似乎认出了代达罗斯的声音,他是为米诺斯效力多年的雅典艺术家。我看到过他几次,却从未走近攀谈。他在建造什么?出于什么目的?我没法问任何人——我的保姆不再来看我,她每次都在门口放下一壶水和一些食物,随后就溜走了。

他们把我当牲畜对待，我就这样被他们变成了牲畜。我的话语传不进任何人的耳朵里，每当我在房间里打转时，它们就在我的脑子里盘旋，越来越快，越来越疯狂。

米诺斯在宣布对我判决的那天晚上禁止我称他为"父亲"。这只是他的气话？还是说，他真的不是我父亲？

我母亲告诉我波塞冬派出白牛的故事，而我则长着一个男孩的身体和一个牛头……

碎成一片片的真相拼合在一起，愈加扑朔迷离。

我想要知道一切。

可我能问谁呢？

这个问题取决于其他人，我自己只会屡屡碰壁。

就连奥林匹斯山诸神都俯首听命的命运啊，你听到我的祷告了吗？今天早上，一个孩子溜进了我的房间，手里拿着一根小木棍——守卫们居

然放他进来了!他们是没把这小男孩当回事,还是说他接到了命令,这才让他进入我的住处?他年纪和我差不多,很瘦,就像鹰的羽毛一样弱不禁风。透过他闪闪发亮的眼睛,我看到了一颗天不怕地不怕的好奇心。

他看着我说:"你很漂亮,王子殿下。除了半人半牛,还有谁配得上这几个字?"

我反驳道:"漂亮算什么?我要的是自由!你是谁?你是怎么闯进我的牢房的?"

他不好意思地垂下眼睛,不过很快就回过神来。我感觉到再没有什么能够阻挡他。

"我是伊卡洛斯,代达罗斯之子。我父亲奉米诺斯之命正在掌管一项复杂的大工程……他需要知道你的身高,我就提议用这根棍子来亲自量一量。但现在看来没必要了,你比我高一倍,就这么简单。"

"他需要知道我的身高?"

"是的,他正在建造你的新住所。他告诉我,这会是一座大宅子。"

也就是说,我不用再住在克诺索斯王宫里……而是有可能住在我自己的宫殿里?我会成为克里特岛部分领土的国王吗？我头晕目眩，一阵希望涌上心头，我得坐下来。

伊卡洛斯冲到我的脚边："你感觉不舒服吗？阿斯忒里俄斯王子殿下？"

我的名字经这轻声细语念出来，顿时成为一剂良药，抹去了我的愁绪。这男孩没称呼我"牛头怪米诺陶"！我想再听他和我说话，各种各样的问题不禁脱口而出——我好像忘记了长着一张不成人形的嘴。

"你父亲到底是干吗的？"

他的眼睛里闪烁着兴奋的光芒，他的话语中流露出对代达罗斯的钦佩之情："哦，多着呢！比方说，他利用精巧的机械装置制造出栩栩如生的雕像，还发明了一种将两个物体固定在一起无法分开的胶水；他设计出曲轴，通过转动曲柄来钻孔……他甚至还制造出一头母牛！"

"一头母牛？"

伊卡洛斯脸色发白，一分钟前还像山间的泉水一样滔滔不绝的他突然不说话了。

我追问道："你说的是什么母牛？这跟我有什么关系吗？你说呀！"

我挺直了身子,全身迸发出力量。

伊卡洛斯察觉到了危险,低声说:"有一天,我父亲吃了发酵的葡萄,不小心说漏了嘴,给我讲了这么个故事。十二年前,帕西法王后来找他,因为她对一头漂亮的白牛动了心,而这头牛是波塞冬送给米诺斯的礼物。代达罗斯就制造出一头和真牛一样的母牛!帕西法钻了进去。九个月后,你降生了。"

一股浓重漆黑的沉寂把我包围了起来,整个房间和我的意识就这么黯淡下来。

也就是说,我是帕西法和波塞冬神牛的儿子。

现在我全明白了。波塞冬惩罚了米诺斯,因为米诺斯没有信守承诺,没有把神牛献祭给他。作为报复,他就让我的母亲爱上了神牛。

假如当年米诺斯说话算话就好了!

假如当年他面对神灵没有这么狂妄就好了!

原来,我是他们之间恩怨的牺牲品。

"这不公平!"我脱口而出了。

伊卡洛斯注视着我,背对着墙,朝着房间门口挪动。

"兴许我不该来的。"他喃喃说道。

"你来得好,我谢谢你。现在我明白了:我没有做错任何事,多亏你告诉我。"

"兴许我们还会见面……"

"是的,希望如此,不要向你父亲透露我们的谈话,这是我俩的秘密。"

他点点头就走了,手里依旧拿着那根棍子。

米诺斯和代达罗斯正在筹备一项大工程,会有什么命运等待着我?

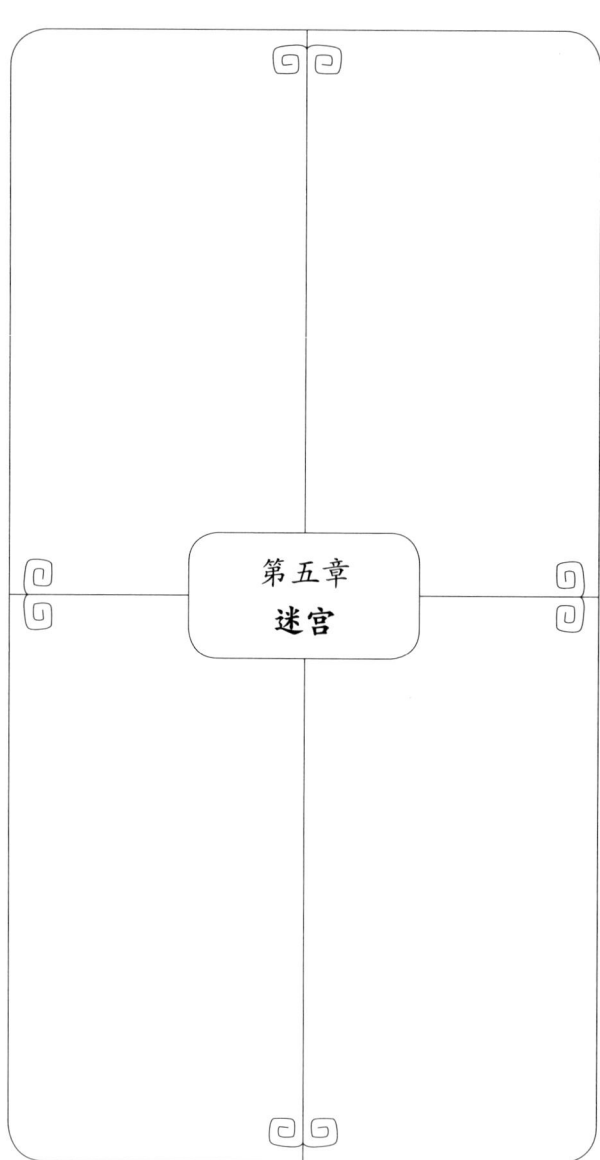

第五章

迷宫

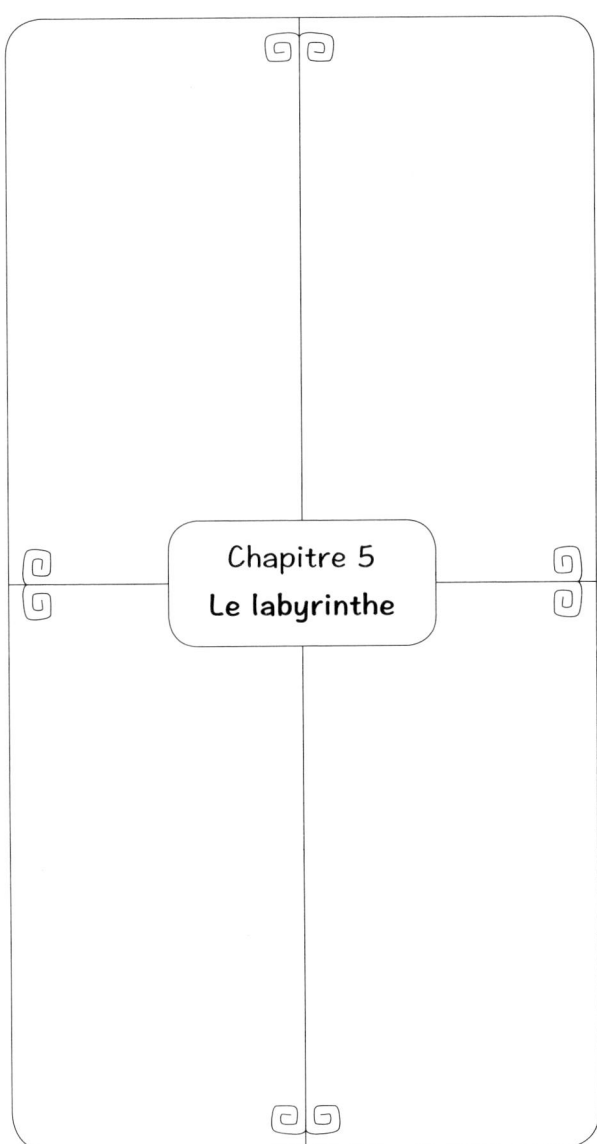

Chapitre 5
Le labyrinthe

一切敲打和命令都消失了，寂静笼罩了一切。正午的太阳就像从前一样，在此起彼伏的蝉鸣声中悄然升起。我依旧被锁在我的房间里。

每次我试图离开时，一名高度戒备的守卫就会回答："国王米诺斯有旨，您必须待在这儿，王子殿下。"

在我面前，没有人敢称呼我"牛头怪米诺陶"。

于是，我就只能在自己的房间里打转。我不再背负着一堆疑问，心里已经有了答案：我的母亲帕西法和伊卡洛斯帮我重构了自己的身世。母亲爱我，我始终是她的儿子，要不然，我们面朝大海坐在一起的那天晚上，她就不会想法子救我。一想到这里，我倍感欣慰。

一个低沉的声音把我的思绪拉了回来："你的宫殿已经建好，阿斯忒里俄斯。我们这就带你过去。"

这是一种冷漠的口吻：米诺斯会用同样的语调告诉我要下雨了，或者晚餐将在日落时供应。尽管如此，国王还是亲自向我宣布了这个消息！我刚想回答他，他就消失了，如此之快，我甚至怀疑自己有没有看到他。这个特别为我建造的地方会是什么样子?全部用黄金打造而成?墙壁上装饰着什么壁画?谁将成为我的仆人?我的老保姆会陪我一起去吗?我终于有权利像从前一样自由出入了吗?

我听到一阵不寻常的声音向我袭来,同时看到几组人正在欢快地行进。男人们和女人们都穿上了为节日准备的五颜六色的衣裳,宽阔的庭院里响起了阵阵铃鼓声。

自从我被软禁以来,阿里阿德涅第一次走过我的房间。这绝对不是凑巧!她放慢了脚步,我们的目光相遇了。我有一种奇怪的预感:她在默默同我永别。她悲伤地朝我笑了笑,眼泪不禁夺眶而出。

接着,帕西法也停留了片刻:她看着我,就像在观察笼子里的狮子,接着就继续赶路前去参加聚会。

对话声逐渐响起,又随着人群向庭院移动而逐渐消散。

我听到有个声音对我的守卫说:"米诺斯有旨,现在就将王子带过去。他和我的父亲代达罗斯下令由我来护送他。"

这个音色沉稳坚定,我听出是年轻的伊卡洛斯的声音。

"为什么是你带我去?"

"米诺斯就是这么决定的。"

不用说,他们已经知道我俩见过面,知道我信任伊卡洛斯。

伊卡洛斯在前面带路,我在十几个手持双斧的守卫的簇拥下紧随其后。

"朝这边走,王子殿下。"他说道。

他带我来到大庭院的一个平台上,我的家人们就在对面的平台上。

"我的母亲!"

我一看到帕西法就喊了出来。她凝视着我,仿佛要把我一饮而尽,把我的生命吸入她的体内。她的目光吸引着我,像是一块我无法逃脱的磁铁。可我无法摆脱那些守卫。至于米诺斯,他正看着吹长笛的音乐家们。我的两个姐姐阿里阿德涅和淮德拉强作姿态地在聊天。阿里阿德涅脸色很苍白，淮德拉则满面通红。

接着，第一头年轻的公牛出现了，通体黑色，浑身是劲，原先被关在一座大型木制竞技场中。一个年轻的杂技演员跳过它的头，翻了个筋斗，在愤怒的野兽后面双脚落地。

"好样的！"

"真棒！"

"再来一个！"

人们站了起来，为他欢呼。

我心里涌起了一阵不安。这是传统的春分庆典吗？为什么我会在这里？

第二头公牛小跑着来了，牛角朝下，摆出一副警告的姿态。这头牛是棕白色相间的。一个男孩稳住了它，另一个男孩则站在它身后。又一个杂技演员进场，挥手致意，然后跳上了公牛背，身手敏捷灵活。他双手着地，再次弹起，转身，在观众们兴奋的喝彩声中再次落地。

不安在我心中滋长。这些公牛是克里特王室的象征，它们的出现是克诺索斯王宫所有庆典活动的重头戏。接下来会发生什么呢？

最奇怪的是,大家都在回避我的目光。我可以清楚地看到他们都在偷偷地看着我,可一和我四目相对就马上挪开了视线。他们以前从未有过这样的行为。

最后,音乐停了下来,喝彩声停了下来,杂技演员将公牛赶出了院子。太阳在宫墙后落下,红通通的,金灿灿的。

米诺斯的声音响起:"米诺陶王子,我们这就带你去你的新家。"

原来是这么回事!

我满心欢喜,希望所有人都站起来为我庆祝:我将拥有自己的宫殿!我将会获得自由,变得强大!

米诺斯一定是下达了什么命令,观众们在一片死寂中离开了院子。我母亲和姐姐们也跟随人群在移动,就连伊卡洛斯也消失了。值此庄严时刻,只剩下国王和他的未来继任者,也就是我。除此以外,还能有什么解释?

在守卫们的簇拥下,我紧跟米诺斯的脚步。我们远离了大海,默默地走在被夜色笼罩的小路上。

突然,一扇门不知从哪里冒了出来。它似乎通往一个洞穴,也可能是巨大的墙壁。门敞开着。

米诺斯凄凉一笑,对我说:"请吧,米诺陶王子。这个地方是我的忠实顾问代达罗斯特意为你建造的。我们甚至给它起了个新名字,就叫它'迷宫'。"

"父亲,请容我……"

"如果你要和我说话,就叫我米诺斯国王。不过为时已晚。"

我迈出一步,又一步。我跨过门槛——四下全黑——我便又迈出一步,为了能看清楚些。

在我身后,大门"砰"的一声关上了!我转身试着打开它。我使劲摇晃它。一切都无济于事:大门被牢牢锁上了!

我曾经被囚禁在他们的宫殿里,如今则被囚禁在远离他们的地方。

孤零零的。

将会有什么事情降临在我身上?

第六章
庆典

Chapitre 6
Une grande fête

我大声呼喊着，却只能听到自己的回声在作答："救命……命……命……"

于是，我开始在夜色里奔跑。高墙上开了几个洞，隐约显现出走廊的轮廓。我随意向右转，朝左转，无休无止，一直在打转，面对着没有尽头的道路，在同一个路口反反复复了十次。最后，我找到了自己的脚印和封闭的大门。我瘫坐在地上，昏昏沉沉地睡去。

第二天早上，我还闭着眼，摸索着寻找自己金床的床沿，还有抵御潮湿的狮子皮。可我的指尖什么都触摸不到，我躺在被踩结实的泥地上。这是什么地方？我在痛苦的刹那间回过神来。

我谨慎地迈出一步，重新开始探索。从一条走廊走到另一条走廊，直到看见一间有很多入口的房间；我选择的那个入口通向一条坡度蜿蜒平缓的小道。没有任何标记能让我知道自己身在何方。我的步子一直在打转,每次尝试都把我带回原地。这就是他们为我制造的宫殿!小路纵横交错,和米诺斯王宫一样庞大,和我的心一样空落落的。

我饿极了。我终于找到了大门入口,在那里发现了一个摆满面包、水果和一片煎肉的托盘,还有掺了水的酒。我扑了上去,脸上的毛很快沾上了糖和酒。但不管了,吃东西的感觉真好!这意味着,他们没有忘记我,他们还关心着我,他们不想要我死。

会有人来看我吗?

阿里阿德涅兴许会来,她对我心怀怜惜,我看得出来。还有我母亲,或者是伊卡洛斯。但我想到了……当伊卡洛斯带我去庆典时,他一定一早就知道了他的父亲为我建造了什么,也知道我会面临什么。他是不是背叛了我?还是说,在他的帮助下,我没有遭受被强行拖到这个鬼地方的屈辱?我永远都不会知道了。我可以肯定一件事：这个男孩不是我的朋友。我没有朋友。我信得过的只有自己，我只能靠自己。

吃饱喝足，心绪稍稍平复，我重新开始在这些未知的房间里探索。太阳从高墙上的几个洞洞里沉下去，在地面上勾勒出刺眼的圆锥形光斑。

我在迷宫里不停地打转，最后找到了一个不一样的地方：一间露天的房间。这里将是我的庇护所，我的房间，我的庭院，我的自由。

这是我来到此处的第二个晚上，我躺了下来，面朝满天星斗。头上四方的天空闪耀着点点星光，真美！

到了早上，我在房间的一面墙上画上一道线：这意味着我在迷宫里度过了一天。

我捡到一根长长的羽毛，这是飞过的鸟儿落下的。一只蝙蝠在落下时碰伤了一侧翅膀，它在我的手心里找到了栖身之所。原来还有天上的飞禽在陪伴着我！

我在墙上画着线,日子就这样一天天流逝……两道线,三道线……蝙蝠在昨天夜里飞走了,兴许它会回来看我?

我收集的羽毛越来越多:一只老鹰也送了我一根——这是不是宙斯的神谕?我还捡到了一根雨燕的黑色羽毛,还有一根鹚鸟的褐色羽毛……

在清醒时的漫长时光里,我一边在自己灰暗的王国里不停探索,一边自言自语。其中一个声音来自昔日的王子,另一个声音则是如今大家眼里的怪物。

"阿斯忒里俄斯,你在这里快乐吗?"

"不,米诺陶,你再清楚不过。"

"你想要回到米诺斯王宫去吗?"

"我不知道,米诺陶。国王米诺斯一声令下,克里特人就抛弃了我。我还能在他们那里干吗呢?"

"阿斯忒里俄斯,有一天你会成为国王吗?"

"不会的,米诺陶。眼前这座宫殿是死亡的宫殿,而不是权力的宫殿。"

"阿斯忒里俄斯,我们今天干吗呢?"

"与昨天和明天一样,除非……"

"如果我们饱餐一顿,是不是就能平息空空如也的肚子产生的冲动?"

"除了守卫每天送来的饭菜,这里什么都没有。"

我梦想在克里特的乡间奔跑,可惜再也不可能了。我便用一根羽毛在自己房间的灰土地上画出各种景致:结满果子的橄榄树,活蹦乱跳的山羊,山间的清泉,宙斯出生的洞穴……

时间在我的指缝中流逝,我越来越想不起在太阳升起时画一条线。已经过去多少个月圆之夜了?在我的黑暗王国里有多少孤独的灵魂在游荡?啊,我多想和自己以外的其他人说说话!

或许，奥林匹斯山诸神会听到我的声音？有一天，我像往常一样，信步走到唯一的入口。与此同时，一名守卫打开一道门缝，把我的饭菜塞了进来。

我保持离他几步远的距离，以免吓到他，开口问道："克里特人，你知道哪天会有人来看我吗？还是说，我注定在此孤独终老？"

他犹豫了一会儿后回答："似乎您的迷宫中会有年轻小伙子和姑娘造访。"

"是不是天神下达了什么旨意？"

"不，"守卫低声说，"这是米诺斯向人民下达的旨意，他会举行一个盛大的庆典，但不知道会在什么时候。"

我的心因疯狂涌起的希望而膨胀。我会被释放吗？阿里阿德涅会来找我说话吗？门口守卫口中的这些年轻小伙子和姑娘是谁？我还没来得及问他，沉重的大门就已经关上了。

第七章
七个男孩和七个女孩

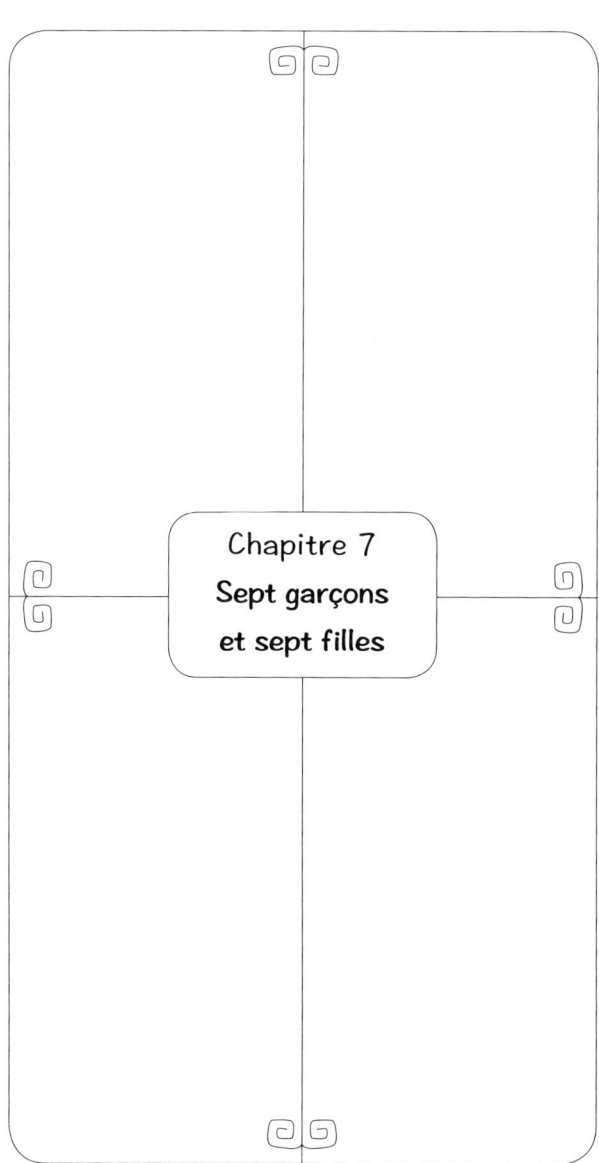

我的期待又有了新着落。在得知这一消息的第二天，我不敢远离大门半步。说不定会有人来呢？就像守卫偷偷泄露的那样。哦，我想打听外面的消息，想知道母亲怎么样了……

可是，什么都没有发生。

第二天，我在自己的领地里迷了路：这些让人摸不着头脑的漫步已成为我仅有的娱乐之一。尽管日子一天天在流逝，可我还是无法摸清这座迷宫的玄机。

我在灰尘里画的地图没有一个行得通。代达罗斯使出浑身解数造出这座建筑，或许他还在里面加入了什么看不见的机关，让走廊能够自行变道？不管怎样，我始终找不到北。

渐渐地，我失去了希望。那守卫定是对我撒了谎，为的是稳住我，免得被我打一顿。

时光坑坑洼洼地前行，偶尔发出嘎吱作响的声音，就像水流裹挟着一千颗锐利的小石子，在我身上划出道道血痕。

两个自我在我体内针锋相对。

只听牛头怪米诺陶咆哮道:"去攻击门口的守卫,阿斯忒里俄斯!来个出其不意!"

可人性的那一半,阿斯忒里俄斯王子则反对说:"有什么用呢,米诺陶?所有人都看得见我,牛头人身逃不过大家的眼睛!米诺斯的手下迟早会抓住我的!"

牛头怪继续说道:"那你就甘愿住在这监牢里吗?继续做你的王子,忍受一切不公?"

我犹豫了。我该如何回应内心这个要我起来反抗的声音?光阴荏苒,这个声音在我心中不断滋长着。

突然,我的牛鼻子闻到了一种不同寻常的气味:一种混合着汗水和恐惧的香味——这只能属于人类。米诺斯说不定改变了主意,派出一群克里特人来杀我?

不对,是别的什么,我得过去看看。

我像往常一样迷失在无数个房间和无数条通道上。

这几个陌生人一定和我有着同样的担忧,因为他们的气味时而靠近,时而消失。我飞奔了很久去找寻他们。我的胃被饥饿感吞噬了。我这才意识到，已经有好几天没人送食物给我了。我饿着肚子，依靠不小心落入迷宫的动物充饥。

突然间，我看到他们了。

是人类！我的心跳得很快，我多么需要听听自己以外的声音啊！和一个有血有肉的人说话，而不是和我的另一个自我或石墙、飞鸟和蝙蝠说话！

但他们都不作声，仿佛被吓傻了：有的低头看着自己脚上的凉鞋；有的抬头看着我，脸色苍白。

七个男孩和七个女孩，像一群羊羔一样挤在一起。他们长得比我矮小，但看得出他们已经不是孩童了。这只能说明一件事，那就是在被囚禁期间，我长大了，我已经是成人了。

我用尽可能柔和的声音问他们："你们是谁？"

他们对视了一下，随后其中一个男孩壮起胆子说道："饶了我们吧，米诺陶！"

这句回答并没有满足我的好奇心。我把自己的问题又问了一遍，略微提高了声调。

"我们是雅典人,"一个年轻女孩回答,"我们来自雅典城内的名门望族。"

雅典人?这是我第一次见到来自希腊大陆的人。乘船横渡大海来到这里需要几天的时间,他们历尽千辛万苦就是为了来拜访我吗?也就是说,我是个闻名遐迩的怪物!可谁会想得到这个名声,反正我不想要。

我继续问道:"你们来我迷宫里有何贵干?"

女孩继续回答道:"米诺斯要求每两年送十四名年轻的雅典人给你。"

米诺斯的决定,又是他。而我呢?我就只能任凭他摆布吗?

"你知道我是牛头怪米诺陶。可事实上,我是阿斯忒里俄斯王子。帮我逃脱这个牢笼,我保你们平安。"

"这对我们来说是不可能的,"这群人中最勇敢的那位低声说,"成群的守卫已经把进入这个地方的通道团团围住了。"

我心中升起一股可怕的怒火,就像巨浪一样,吞没了我。有个声音在我的脑子里疯狂地尖叫着:"杀了他们!"牛头怪米诺陶试图抹去阿斯忒里俄斯的情感，我感到一阵头晕目眩。我的一只脚刨着地面，接着冲到这群年轻雅典人身上。但他们无疑是利用我心中犹疑的片刻，比我快了几秒做出反应：有的朝右边的走廊跑去，有的跑向左边。我随机追赶其中几个。他们惊恐的气息比之前更浓郁了！这股气息在我的脑子中盘旋，激起了我的愤怒和饥饿感。

"不！"

可我抓住了其中一个，一口吞下。

其余人都消失在迷雾之中。我只记得自己一个接一个抓住了他们。

当一切都结束时，一股令人作呕的新鲜血液气味在迷宫中弥漫开来。

我晕了过去。

当我恢复意识时，天已经黑了。我又变成了人类王子阿斯忒里俄斯，不再是饥饿的

牛头怪米诺陶。我拖着步子走进了自己的露天领地，我把找到的骨头堆成一个临时墓地。我祈求摆渡人卡戎（希腊神话和罗马神话中的人物。他是冥王哈得斯的船夫，负责划船将刚离人世的亡魂摆渡过冥河。——译者注）引领这些雅典人前往冥界，让他们的灵魂得到安息。

我的心里满是泪水，可我的眼眶却是干涩的。

现在，我知道自己想要什么：继续做一个人，不惜一切代价。

不要成为野兽，不能让米诺斯得逞。

我数着天上的点点星光，把它们代表的希望叠加起来。宙斯不是把宁芙仙女卡利斯托变成了大熊座（卡利斯托原先长得非常美丽，且爱好打猎。有一天在树林中，宙斯变了身来迷惑她，让她怀孕，生下一个男孩，由此触怒了宙斯的正妻赫拉，被后者变成棕熊。后来宙斯将她送到天空中，成为大熊座。——译者注）吗？人马座不正是勇敢的喀戎（喀戎属于半人马族，是希腊神话中非常著名的贤者，以和善与智慧著称，后来成为多位希腊英雄的导师，其中包括珀耳修斯、忒修斯、阿喀琉斯、伊阿宋和赫拉克勒斯。——译者注）变的吗？或许，在天上能找到我的救赎？

第八章
自由

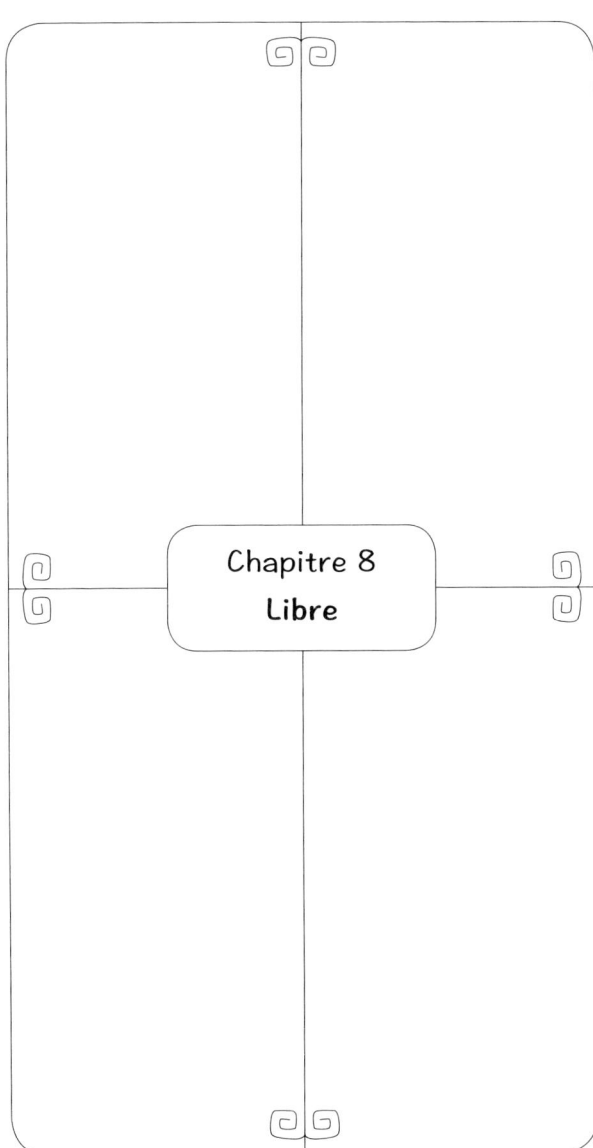

Chapitre 8
Libre

我满怀着痛苦和恐惧过日子：可能已过去了几个月，可能已过去了好几年。我已经很久没有在太阳升起时在房间的墙壁上画线了。我不再同牛头怪米诺陶说话——我宁愿做个沉默的阿斯忒里俄斯，也不愿成为吞噬人肉的怪物，那个住在我体内的、被藏起来的怪物，他的暴力令我感到羞耻！

今天早上，我在窝里吃掉了一只从天空坠落的鹰，可我还是很饿。我便起身穿过多年来始终让人捉摸不透玄机的走廊、小巷和房间。现在可以肯定的是，代达罗斯给这个地方施了魔法，或是给它装上了一种千变万化的机关。

终于，我找到了通向门口的那条较宽的通道。可无论我怎么等，都听不到大门鬼鬼祟祟的吱吱声，看不到守卫递进来一罐水和一些剩菜——什么都没有。真奇怪。莫非这些人类今天把我给忘了？

饥饿折磨着我。接着，一股不寻常的气味钻进了我的鼻孔里，让我想起米诺斯宫殿里曾有过一间摆着金床的房间——我的房间。它还让人想起清澈的泉水和来自埃及的泡碱膏，可以用来清洗身体……多么奇怪的气味——我从中还闻到了恐惧……

一想到这里,我内心的某些东西就崩溃了。是有人进入迷宫了吗,还是说有很多人?

牛头怪米诺陶苏醒了,在我体内叫喊起来:"快跑呀,去吃了这块好肉!"我体内的另一部分则颤抖着回答:"不!再也不了!"

一股香味朝着我藏身的通道靠近。其他人依然聚集在入口处,我在这边就能闻到他们的气息。

接着,有个人出现在通道的尽头——这是一个非常年轻的小伙子,长着一头漂亮的鬈发。他右手挥剑,左手握着一团赭色的羊毛,身后垂着一根绷紧的毛线,消失在黑暗中。他的眼睛闪闪发光,透着勇气和恐惧,坚毅和紧张。

"谁……你是谁?"我因长期没有开口说话,嗓音变得很沙哑。

年轻人跳起来看着我:"你会说话?"

我忍不住笑了出来:"当然!你以为自己在这儿会遇到什么?"

他低声说道:"没人告诉我究竟是怎么回事……我甚至在想,你会不会只是个传说,牛头怪米诺陶。"

"我的真名是阿斯忒里俄斯王子。你呢?你是谁?"

"我是雅典人。"

我叹了口气:"又是一个……"

他像是被牛虻蜇了一下,突然抬起头:"我可不是什么无名小卒!站在你面前的是忒修斯,雅典城的王子,埃勾斯国王的儿子!"

我的声音透着更多自信:"那你来这儿准备干什么呢,忒修斯?"

"杀了你,救下我自己和我十三个同伴的性命。"

"你要杀我?太好了。那请问你杀了我之后,怎么从这鬼地方走出去呢?我在这座监牢里被关了很多年,依旧无计可施!"

我看出他在犹豫。

他看起来并不担心。他是不是藏着什么秘密?

我问道:"你手里拿着什么?"

"一把剑。"

我又笑了起来，反驳道："别当我是傻子，我问的是你另一只手里拿的。"

"一根线，是阿里阿德涅给我的。"

我一听到这名字就跳了起来。每当我想起姐姐，她的面孔都很模糊，但我知道自己是多么爱她。可她呢，她居然帮助一个异乡人来杀我！

"是我姐姐给你这根线的？"

"是的。这能帮我找到通往出口的路。"

我吼了起来："来吧，别再骗我了。阿里阿德涅不会这样背叛我的！"

牛头怪米诺陶在我心中苏醒了，狂怒，野蛮；他要复仇，他要杀人。

"我向你保证。她爱我。代达罗斯告诉她怎样才能在迷宫里不迷路。她把这个秘密告诉了我。作为交换，她要我带她去雅典，一旦……"

"一旦我死了是吗？！她怎么能这样对我？最好有一天她会像我现在一样感到被抛弃。是的，被你抛弃，被所有人抛弃！"

我冲向忒修斯，我的大手碰到了他的剑，开始流血。人类是如此渺小，而我是如此强大，以至于他用尽全力都无济于事。我一口就能把他给吞了。再次想要杀人的想法令我感到恐惧,我害怕自己胜过害怕他!我开始逃跑。

他脚步轻快,紧跟着我不放:我右转,他就跟上来;我拐进左边的一条小巷,他始终在我身后尾随。我们来到了我那露天的房间里,四周都是我的画作、羽毛和发白的骨头。

我再次用正面对着他。

他紧握着羊毛线球不放,羊毛线在他身后留下了一条小路。

他高举起剑,准备出击,一滴汗水从他的额头滴下。

我转过身去,借着冲劲儿用脚朝着他的武器踢过去。他摇晃了一下,恢复了平衡。他放下线头,手中依然牢牢握着那致命的剑柄。

我蓄势待击,但突然间,一阵剧痛传来,甜甜的鲜血从我受伤的手上流出,那疼痛的感觉如同潮水般涌来,越来越多地侵入我的脑海。"咬他!打他!杀了他!"牛头怪在我脑海中发出阵阵怒吼。

我停了下来。牛头怪米诺陶不会杀了阿斯忒里俄斯王子,我想继续做个人类,我必须让我内心咆哮的怪物安静下来。我不想再杀人了。忒修斯的胜利也将是阿斯忒里俄斯的胜利,即使永远不会有人知道。

我停止战斗,对忒修斯说:"我拒绝成为怪物,做你该做的吧。"

我坐在尘土中。王子犹豫了。我站起来叫道:"快点!就是现在,不然就再没机会了……如果你不行动,你和你的同伴们就会没命了。"

他把剑刃朝着我的脖子挥了过来。

我瘫倒在地。

在扬起的鲜血和痛苦中,我想忒修斯和阿斯忒里俄斯都以自己的方式击败了牛头怪米诺陶。

众神没有给我任何机会。不管是否被囚禁,我生来就是一个不由自主的囚徒。可我能想象接下来会发生什么。没有人会偷走我的梦想,我的希望!

我的外祖父赫利俄斯会来,他会带着我乘坐他的光之战车,我终于自由了。我的祖先们正从奥林匹斯山上看着我们。

是的,就是这样。

自由!

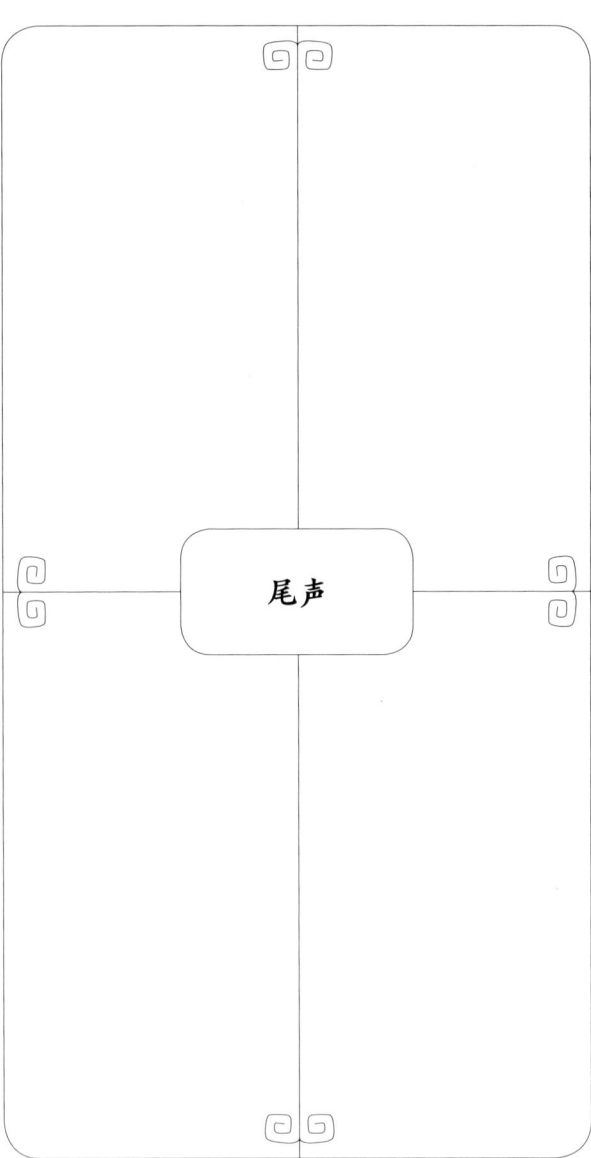

尾声

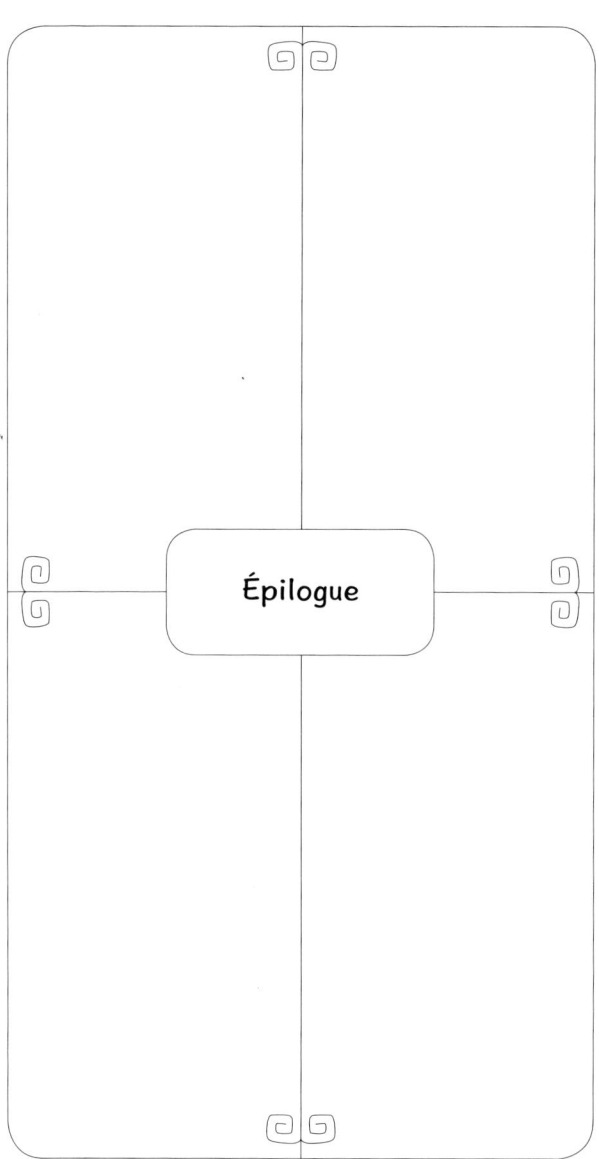

Épilogue

现在,你听完了我的话,听完了我的故事,见证了这个声音的消逝,你还会想要我的金子打造的床、狮子皮,还有我的恐惧和悲伤吗?你是不是更享受母亲温柔的怀抱、父亲的鼓励,还有在人堆里的安稳日子?我很乐意同你交换,无论你是谁。是的,只要你愿意,我愿意用你的人生来换取我的人生,哪怕要跨越千山万水,哪

怕要历经千秋万代。

不过说实话,你会愿意吗?我对此表示怀疑。

阿斯忒里俄斯王子就是牛头怪米诺陶。

一个不祥的存在。

长得和大家都不一样。

可我只是一个孩子。

我曾如此热爱生活。

米诺陶的传说

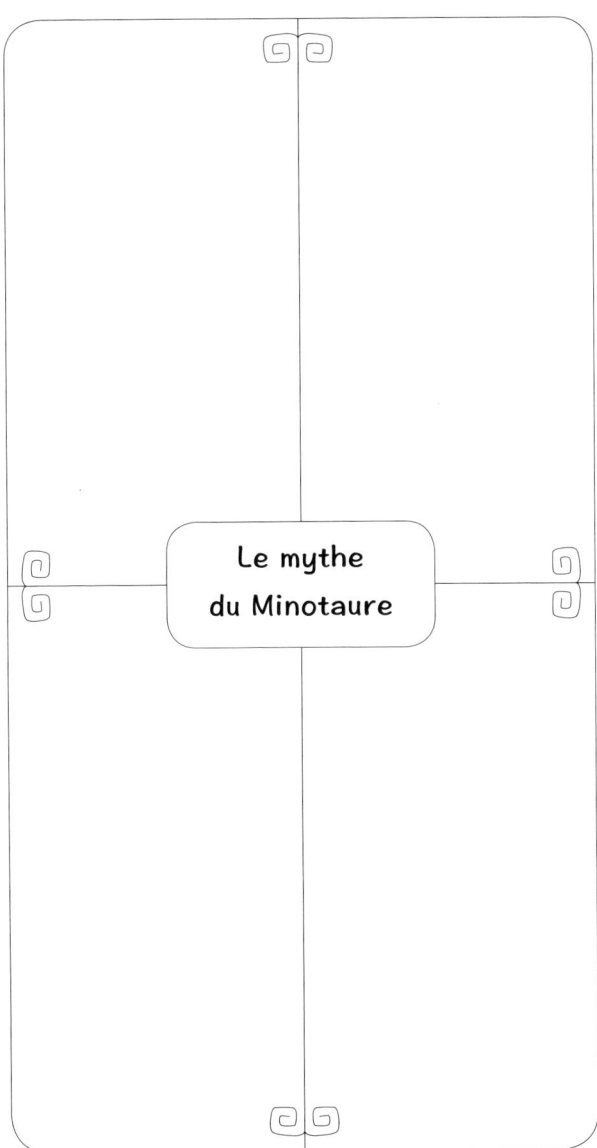

你刚读完了这则故事,进入了阿斯忒里俄斯的世界,也就是众所周知的牛头怪米诺陶的世界。大家总是心怀厌恶,远远望着这个怪物,仿佛他是个恶棍——这当然是可以理解的!可谁是始作俑者?这故事是在哪里发生的?来龙去脉又是怎样的呢?

什么是希腊神话?

神话讲述的是非凡人物的事迹。这些人物并非儿童传说中的英雄,而是整个民族曾经信奉的男女诸神:他们属于宗教的一部分。

在2000多年前的古希腊,曾经有过供奉宙斯、赫拉、雅典娜、阿波罗的神庙……也曾有过祭祀这些神灵的神职人员,以及向他们致敬的神圣运动会,比如著名的奥林匹克运动会就是献给宙斯的。

牛头怪米诺陶,克里特岛的传说

克里特岛是地中海上的一座大岛,位于希腊

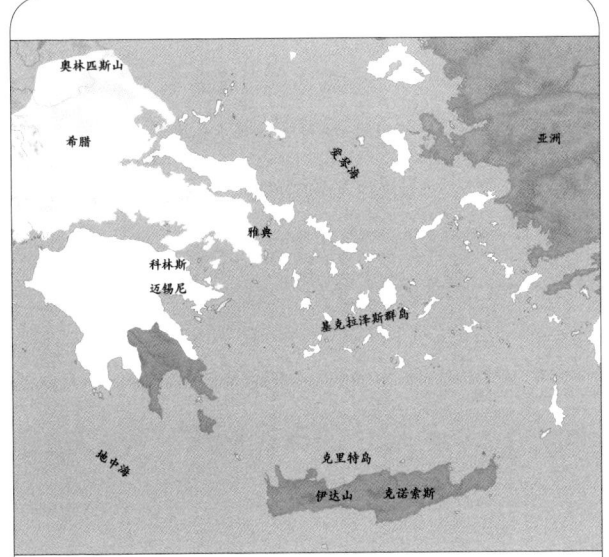

克里特文明：公元前2200—前1400年

和埃及之间。

在古代，克里特岛曾有过一段繁荣时期，这可能是因为当地曾同埃及通商，也是海盗的必经之地：克里特岛是当时海上航线的重要一站。

从公元前2200年开始，王家宫殿在克里特岛上拔地而起；这里的手工艺品非常发达且极富创造力，壁画精美绝伦。这一时期被称为"米诺斯文明"。公元前1450年左右，可怕的火灾摧毁了这些奇珍异宝，吞噬了辉煌华丽的宫殿。克里特岛不再是一个独立的国家，而是落入希腊人的统治之下，从此开启迈锡尼文明（公元前1600—前1100年，是希腊青铜时代晚期的文明，它由伯罗奔尼撒半岛的迈锡尼城而得名。这是古希腊青铜器时代的最后一个阶段，部分历史学家认为包括《荷马史诗》在内，大多数的古希腊文学和神话历史设定皆为此时期。）时期，以强大的希腊城市迈锡尼命名。

克诺索斯王宫

克里特岛历代国王拥有豪华的宫殿，可惜这些宫殿都在大火中被烧毁了。如今，我们已经找到了宫殿的遗迹，甚至还可以参观几个部分得到修复的房间，欣赏到几乎保存完好的大罐子，可惜如今已经很难想象整座宫殿原来的样子了。

克诺索斯王宫是其中最大和最著名的。这里曾是米诺斯国王统治的地方（"米诺斯"这个名字实际上就是"国王"的意思）。

公牛是克里特岛的神兽。在克诺索斯王宫的遗迹中，人们还发现了一个彩绘的游戏场景，可以看到年轻人玩杂耍跳跃的景象。

@Jebulon - 克诺索斯王宫壁画（公元前1600—前1450年）

谁是米诺陶？

在克里特岛乃至整个希腊的神话中，米诺陶都指的是一个长着牛头人身的怪物。

他出生前的故事是这样的：米诺斯国王统治克里特岛，娶了太阳神赫利俄斯的女儿帕西法为妻(光这点就很了不起！)。他俩生了好几个孩子，其中就有阿里阿德涅和淮德拉。

有一天，米诺斯国王从海神波塞冬那里收到了一份神奇的大礼：一头从海浪中走出的白牛。米诺斯国王非常感激，承诺把这头公牛献祭给海神。可这头野兽实在太漂亮了，国王没有遵守诺言：他从自己的牛群里找了另一头牛献祭。这可犯了一个致命错误。波塞冬不是傻瓜，决定惩罚米诺斯。为此，他采用了间接的方式：他发挥神力，让克里特岛的王后帕西法爱上了神牛。半人半牛的米诺陶就是这场恋爱的产物。

米诺斯国王无法接受牛头怪米诺陶的存在，便决定把他关在一个秘密的地方。

米诺陶被关在哪里？

米诺斯国王想要建造一个特殊的场所来幽禁牛头怪米诺陶，就请来发明家代达罗斯，设计出一个与众不同的地方。

这就是迷宫的由来。它必须非常复杂，为的是没人能够找到出路。为了绝对保守这个秘密，米诺斯甚至在迷宫完成后就将代达罗斯和他的儿子伊卡洛斯关进了迷宫——笔者在故事里并没有写到这一层，为的是让读者们把焦点集中在牛头怪米诺陶身上。

正是因为这个故事，在法语里，"代达罗斯"(un dédale)成了"迷宫"的代名词，用来指代一个找不到出路的地方。

克诺索斯的宫殿非常大,让人有一种迷失其中的感觉。可能正是因为这种庞大,让人产生身处迷宫的错觉。我们不知道这个传说中的迷宫究竟是什么样子,这为我们保留了想象的空间!

牛头怪米诺陶,身不由己的战争工具

在神话传说里,米诺陶是个吃人肉的怪物。

米诺斯并没有把克里特岛人送给他充饥，而是选择了雅典人——这片大陆上强大的雅典城居民。每九年送上七男七女给米诺陶享用，也有版本说是每三年或每年一次的。

事实上，当时克里特岛和雅典之间曾发生过一场战争，因为米诺斯认为雅典人应对他儿子安德洛格俄斯（米诺斯和帕西法的儿子。传说他骁勇善战，曾在泛雅典赛会上屡屡夺魁，从而招来埃勾斯国王的嫉妒，被后者派出的雅典和墨伽拉城的年轻人杀害。）的死负责。国王米诺斯获得了战争的胜利，为惩罚雅典城，就要求雅典人定期将最优秀的年轻人献给他。

忒修斯和阿里阿德涅之线

当雅典国王的儿子忒修斯混在这些去送死的年轻雅典人中时，故事走向就发生了变化。他不愿意自己被吃掉，决定杀死米诺陶。

米诺斯和帕西法的女儿阿里阿德涅公主对这个英俊的年轻人一见钟情。她决定帮助他，即使违背父亲的意愿也在所不惜，只要事成之后，王子愿意带她一起去雅典。忒修斯接受了这个提

ⓐ Siren ——安托万-路易·巴里(Antoine-Louis Barye)创作于1843年的雕塑《忒修斯战胜米诺陶》。

安托万-路易·巴里(1795—1875):法国雕塑家和画家,被誉为现代动物雕塑之父,"动物园中的米开朗琪罗"。——译者注

议。阿里阿德涅便给了他一根长线：当他和同伴们被锁在迷宫里时，他必须把线系在迷宫的入口处，边走边放出长线。如此一来，只要他在回来的路上跟着线往回走，就能找到出口。忒修斯杀死米诺陶后，果然按照计划成功走出了迷宫。

米诺陶究竟犯了什么错？

他没做错任何事！米诺斯国王没有信守诺言，因此激怒了海神波塞冬。假如他按承诺献出了白牛，就什么事都不会发生。也就是说，由于父亲对众神犯下的过错，阿斯忒里俄斯王子，即米诺陶，不得不住在迷宫似的监狱里。这不公平！他长着一个牛头，在分配角色时就被定为反面角色，可那并不是他的错。我们可以想象，从较为现代的角度来看，他因为自己怪异外形而备受折磨，很多事情都是出于无奈而做的。这是由于众神的惩罚，他才变成了这个样子。因此，我们这些现代人可以想象，他饱受众人排斥，为寻求从痛苦中解脱，只能任凭忒修斯杀死

@ Marsyas——雅典一座喷泉上的米诺陶半身像。

自己——尽管这种放弃生命的方式决不能被视作解脱痛苦的方法。

代达罗斯是如何逃离迷宫的？

这位艺术家拥有无穷的想象力。

当米诺斯将他锁在自己建造的迷宫中时，代达罗斯并没有坐以待毙。他还得解救陪伴自己的儿子伊卡洛斯呢！他制作出一副翅膀，用蜡把翅膀固定在自己和伊卡洛斯的背上。就这样，他们展翅高飞，他们自由了！可是，伊卡洛斯被太阳迷住了，不顾父亲的建议，飞得越来越高。太阳的热量融化了蜡，伊卡洛斯就这样掉进海里淹死了。代达罗斯活着降落到西西里岛，却因失去儿子而伤心欲绝。

故事出处

这个传说围绕着牛头怪展开，是以他姐姐阿里阿德涅和雅典王子忒修斯为主要人物的系列故事的一部分。当时许多作家纷纷为克里特岛牛头怪米诺陶著书立说，其中包括雅典人阿波罗

@ Wolfgang Rieger – 庞贝遗迹中的古罗马壁画《代达罗斯向帕西法展示木制的母牛》

多罗斯的《书库》(公元前2世纪)、拉丁诗人维吉尔的《埃涅阿斯纪》(公元前1世纪)以及另一位伟大的拉丁诗人奥维德的《变形记》(公元前1世纪)。

就拿奥维德的《变形记》来说，书中第八卷写道："米诺斯决定将这个可耻的怪物从他的家中赶走,把他锁在一个有很多岔道的黑暗住所中。"

现代演绎

1933年,出版商阿尔伯特·斯基拉(Albert Skira)(20世纪上半叶瑞士著名出版商,专门出版美术类书籍。——译者注)创办了具有超现实主义风格的艺术期刊《米诺陶》(Le Minotaure),直到1939年才停刊。他采用既诗意又科学的方法,质疑传统的社会秩序。我们每个人体内不都关着一个怪物吗,也就是所谓的兽性?怎么才算"正常人"?

第一次世界大战极其惨烈,动摇了人们内心的信念,而上述问题正是深刻创伤的产物。米诺陶的形象因此成为战后创伤的标志。

著名画家巴勃罗·毕加索(Pablo Picasso)曾在1933年至1936年描绘了一系列米诺陶的形象。他对斗牛深深着迷,继而关注起了这个古代的牛头人身怪。这个怪物饱受苦难,在人与兽两个世界之间苟延残喘。

全新视角

古希腊将米诺陶视为邪恶的化身:他让人害怕,杀人如麻,因此被关了起来;而忒修斯则是打败他、从而拯救希腊文明的大英雄。

时至今日,我们将这个人物更多地看作一个受苦的形象,一个自我的囚徒。他的遭遇令人动容,他拥有人类的力量和弱点,无论他究竟是人还是兽。

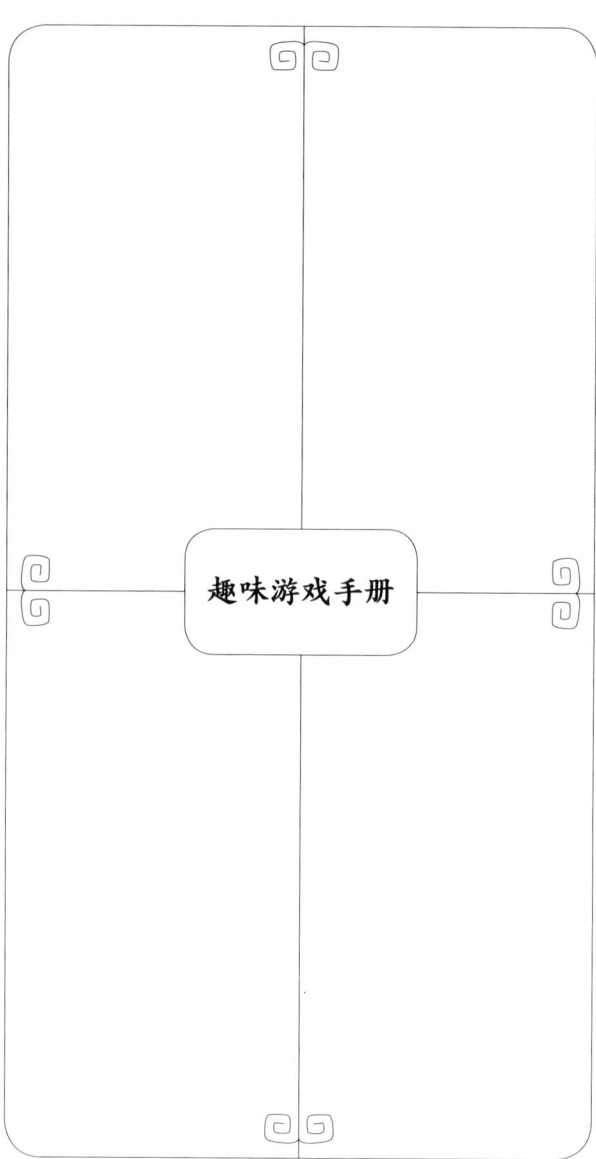

趣味游戏手册

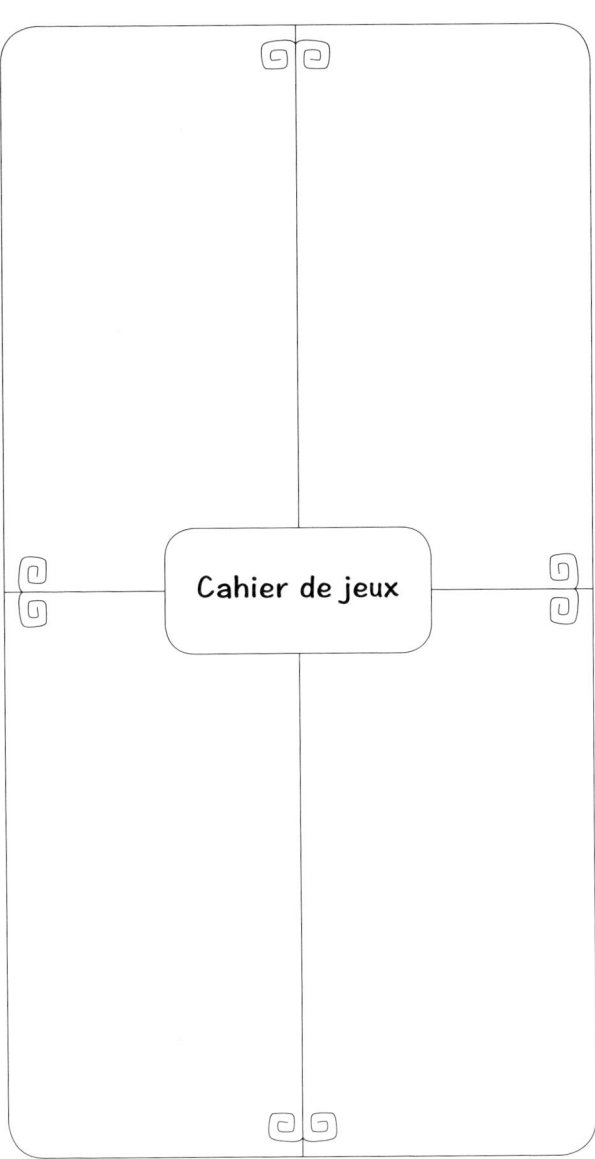
Cahier de jeux

问答题

1. 迷宫的建筑师叫什么名字?

___

2. 阿斯忒里俄斯王子住在哪个宫殿里?

___

3. 米诺陶的母亲叫什么名字?

___

4. 有多少雅典人被送进了迷宫?

___

5. 哪位神明对阿斯忒里俄斯的母亲下了咒?

___

6. 阿里阿德涅给了忒修斯什么东西让他可以逃离迷宫?

___

填空题

*根据您刚读完的故事为这段文字填空。

提示：下划线的数量同缺失词语中的字数相一致。

米诺斯没有将白色 ___ 献给波塞冬。于是，海神就向 ____ 国王报复。他对 ____ 下了咒，让她爱上了白牛。_____ 就这么诞生了。
米诺斯气得发疯，他把这个孩子和其他人分开，为了再也看不到他，就让他住在 _____ 的宫殿里。可是有一天，阿斯忒里俄斯去了山上，在水中发现了自己的 ___。米诺斯要求 _____ 建造一个迷宫来囚禁这个孩子。从那时起，雅典定期送 __ 少女和七个少年给米诺陶。多亏有了阿里阿德涅之线，只有 ____ 活着走出了迷宫。

对错题

*请指出下列说法是否正确。

---

1. 伊卡洛斯和代达罗斯也被关进了迷宫。

   对还是错?

2. 米诺陶活该长着一个牛头。

   对还是错?

3. 克诺索斯王宫是真实存在的。

   对还是错?

4. 米诺斯把克里特人送给米诺陶享用。

   对还是错?

5. 淮德拉和阿里阿德涅是阿斯忒里俄斯的表姐妹。

   对还是错?

6. 囚禁米诺陶的迷宫是根据克诺索斯宫构思出来的。

   对还是错?

连线题

*将每个角色的名字同你刚读到的故事中的话语相匹配。

阿斯忒里俄斯	"我就是在这里第一次见到它。它是这么高大,浑身雪白……"
帕西法	"你的宫殿已经建好,阿斯忒里俄斯。我们这就带你过去。"
米诺斯	"那可不行,你会吓到女仆们的。"
阿里阿德涅	"我拒绝成为怪物,做你该做的吧。"

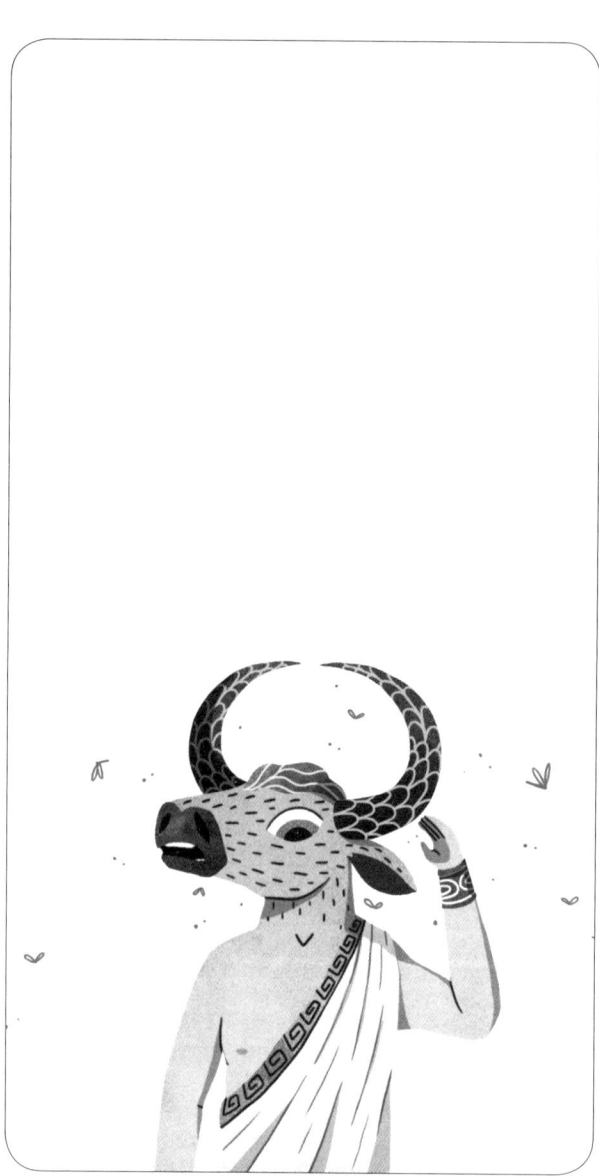

答案

回顾篇

1. 代还等师
2. 老搭车师
3. 她的头
4. 7个身绍长裙和7个身绍短裙
5. 没变么
6. 一根线

成语篇

1. 么牛
2. 老老待
3. 他的头
4. 阿娜么可棒师
5. 老挨车师
6. 倒影
7. 代还等师
8. 不人
9. 永恒师

对错篇

1. 错。这是一道题，米塔斯捕下去作代送姆姥姥几个样子都没关系来。这样，这老师的秘密就永不会被揭露来。
2. 错。米塔是一道回使无关姥姥的等待话，米塔斯捕她得将有名净才能靠说完方，落样为了讲真，他们来买了几点灯笼大。所以她被讲来这一妹名的了妹。
3. 对。人们并老鸡讲老鸟下它的雏鸟，他甚至可以推鸡到几个经送此分得真的那么老师讲来这一妹名的了妹。
4. 错。米塔斯捕她人这么老杯头托用，因为他试为捕集入为少儿子老待等在园里了有走车。
5. 错。没当他知这何得没急老所嚣老可她的知识。
6. 对。老老都没跟大了了，你会已从收到在其中，这种情使大家分少了出在这是么大。

连线篇

阿娜么可棒师：＂朱我孩这是为打呢，做待说很的呢？＂
她的头：＂朱我看在这里这一天走到了它，它这么之长天，还是有……＂
米塔斯：＂你的头看已经猪好，阿娜么可棒师，我们这来来等走走。＂
阿娜可棒说：＂得可可不行，你会不行别本化的。＂

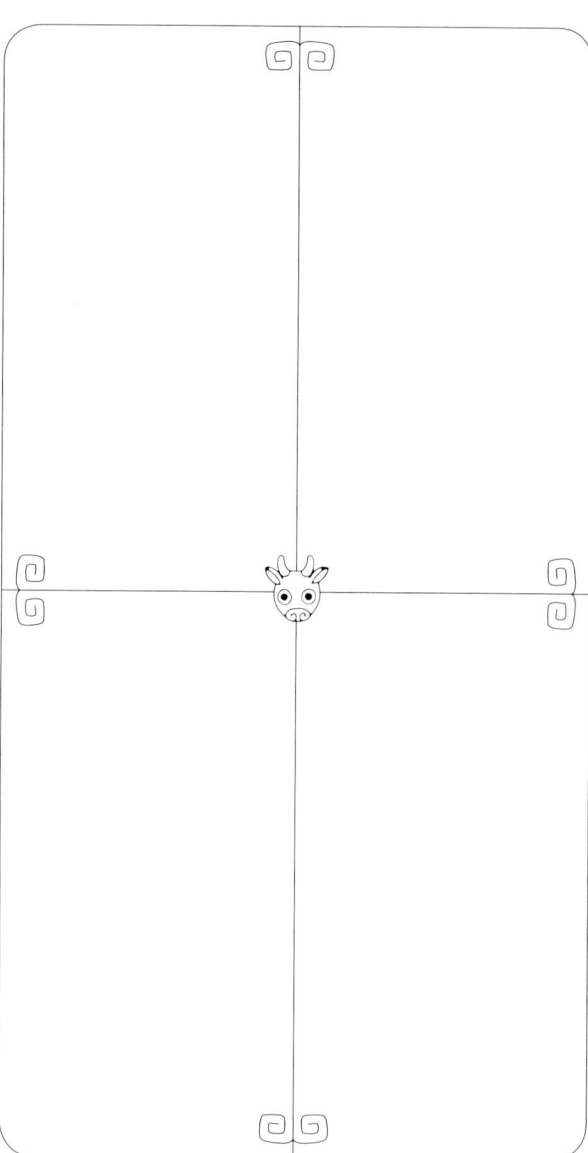

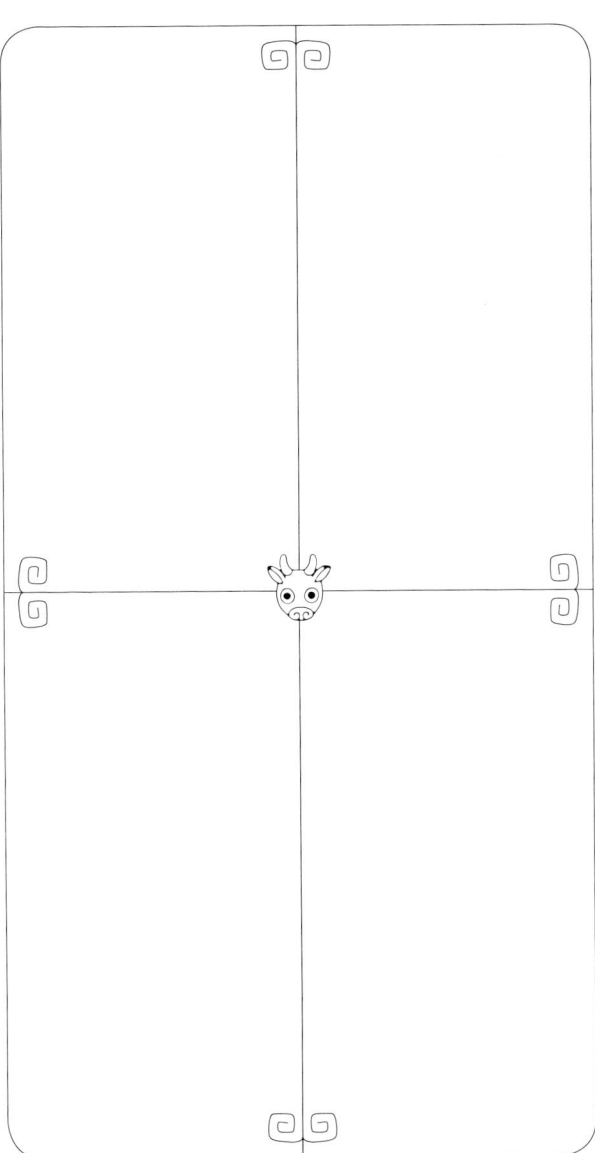

人啊，认识你自己！
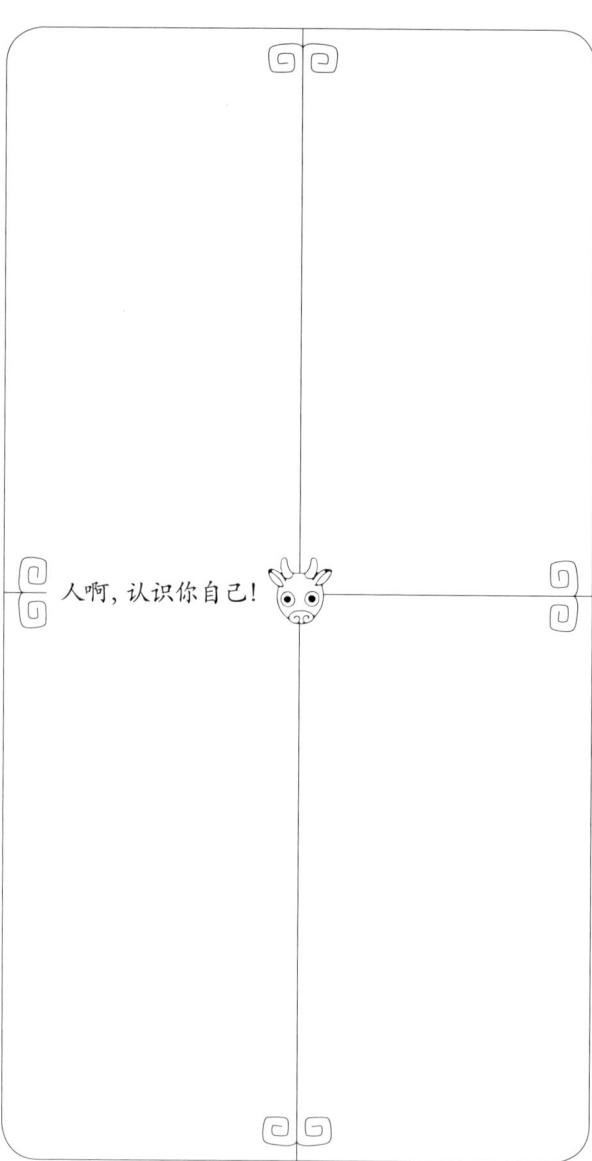